طَيَران يا «مُرْجان»

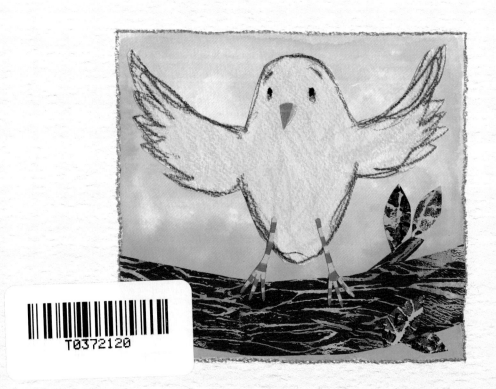

بِقَلَم وبِريشَة: بيتر هوراشيك

Collins

تَكْ! تَكْ!

ماما فَوْقُ.

فَوْقُ يا «مُرْجان»!

V

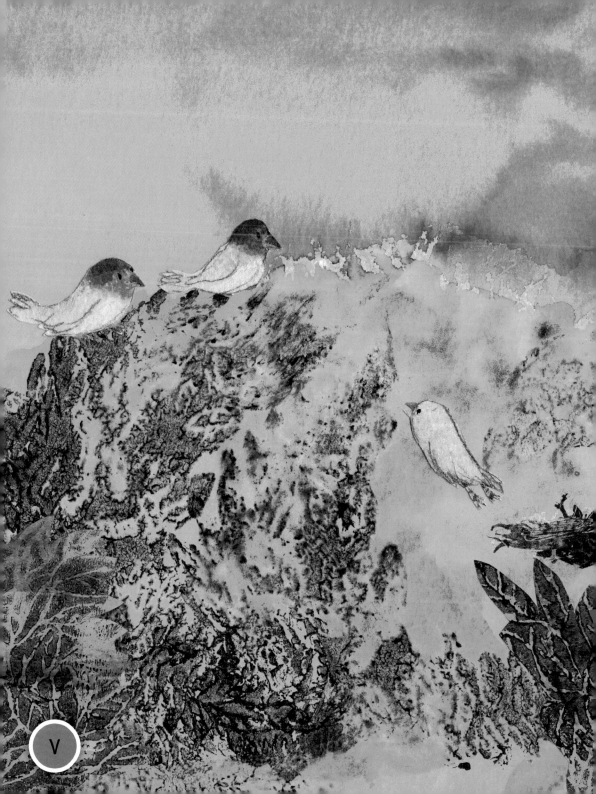

آه! «مُرْجان» تَحْتُ!

نَعَمْ! الجَناحُ يا «مُرْجان»!

طَيَران يا «مُرْجان»!

طَيَران يا «مُرْجان»!

أفكار واقتراحات

الأهداف:

- متابعة قصّة خياليّة بسيطة.
- قراءة كلمات تامّة.
- التعرّف على المحاكاة الصوتيّة.

روابط مع الموادّ التعليميّة ذات الصلة:

- مبادئ العلوم والأحياء.
- مبادئ التعرّف على الحيوان.
- مبادئ الرسم والتلوين.

مفردات شائعة في العربيّة: ماما، فوق، تحت، نعم

مفردات جديرة بالانتباه: طيران، الجناح

عدد الكلمات: ٢٠

الأدوات: لوح أبيض، ورق، أقلام رسم وتلوين، صمغ

قبل القراءة:

- مَن منكم يحبّ الطيور؟ ما هو الطائر المفضّل لديك؟

- أين تعيش الطيور؟ ماذا تستخدم الطيور لتطير؟

- هيا نقرأ العنوان معًا. ما هما الحرفان الأخيران في كلمتي "طيران" و"مرجان"؟

- ماذا نسمع حين يتشابه الحرفان الأخيران في كلمتين؟

أثناء القراءة:

- أوّلاً، سنقرأ الكتاب معًا ونشير إلى الكلمات.

- ما هو اسم هذا الطائر في القصّة؟ ما هو لونه؟